Der Olle Preem in Palinchen, seine Pferde und die Menschen drum herum

Von Markus Franz
Zeichnungen: Laura Stoppkotte

Widmung:
Für die Insel Spiekeroog.

DER OLLE P
SEINE PFER
UND DIE
AUTOR: MARKUS FRANZ

EEM
PALINCHEN
ENSCHEN
DRUM HERUM
TRATIONEN: LAURA STOPPKOTTE

CORRECTIV

Inhalt

Ein paar Worte, bevor es losgeht

Es gibt Orte auf der Welt, die scheint es zu geben, es gibt sie aber nicht. Wie Phantasien, Zamonien und das Paradies. Und dann gibt es Orte, die scheint es nicht zu geben, die gibt es aber doch. Von solch einem Ort möchte ich euch erzählen. Er heißt Palinchen, das heißt, ich nenne ihn Palinchen, und dort passieren so erstaunliche, amüsante Geschichten, dass sie wie erfunden wirken; sie sind es aber nicht.

Wahrscheinlich gibt es auch andere Orte auf der Welt, wo solche Geschichten passieren, wahrscheinlich passieren solche Geschichten überall. Aber nicht überall gibt es jemanden wie den Ollen Preem, der sie jemandem erzählt, der sich darüber ausschüttet vor Lachen und sie weitererzählen will, und das bin ich.

Dazu sollte man wissen: Dem Ollen Preem gehört ein Pferdehof auf dem Inselchen Palinchen. Da reise ich seit Jahren mit meiner Tochter Malina und meiner Frau Julia hin. Während Malina reitet, erzählt mir der Olle Preem die neuesten Geschichten.

„Stell dir vor“, sagt der Olle Preem also. „Ich will ein Pferd zur Weide bringen. Über die Straße zur Schule, du weißt doch. Auf einmal löst sich ein Hufeisen. Ich mache mich am Huf zu schaffen, um das Hufeisen abzulösen. Ein Paar kommt vorbei.

Die Frau fragt: ‚Was machen Sie denn da?‘

Aus dem Augenwinkel sehe ich das Schild ‚Naturschutzgebiet – Ruhezone‘. Ich: ‚Sie sehen doch das Schild ‚Ruhezone‘. Ich mache die Hufeisen ab, damit es nicht so klappert.‘

Naturschutzgebiet
RUHEZONE

Das Paar geht weiter. Dann höre ich die Frau sagen: ‚Also wirklich, man kann es mit dem Naturschutz echt übertreiben.‘“

Ja, so ist es geschehen. Und wird so auf ewig geschehen bleiben.

Ein anderes Mal erzählt der Olle Preem: „Stell dir vor. Ich schneide gerade auf den Richelwiesen mit der Sense die letzten Gräser ab. Da, wo der Traktor nicht hinkommt. Im Mai.
Eine Frau spricht mich an:

‚Sie sind ja ganz schön fleißig.‘

Die dachte wohl, ich hätte die ganze Wiese per Hand gemäht.

Ich: ‚Einer muss es ja machen.‘

Sie: ‚Darf ich Sie was fragen?‘

‚Klar.‘

‚Wie lange brauchen Sie dafür?‘

Ich: ‚Ich habe im März angefangen.‘

Sie: ‚Alle Achtung.‘“

Wer mehr von solchen Geschichten hören will, liest weiter oder fährt einfach selbst nach Palinchen. Nach Palinchen kann jeder fahren. Zum Beispiel mit dem Bus zum Hafen und von da aus mit dem Schiff. Und schon dabei passieren einem so merkwürdige Geschichten.

Kuhrennen auf der Autobahn

Man fährt also von der nächstgrößeren Stadt mit dem Bus in Richtung Hafen, von wo aus es mit dem Schiff nach Palinchen geht. Den Bus fährt die Olle Krien. Das bemerkt man lange Zeit nicht, weil Busfahrer meist gesichtslos bleiben; man darf sich mit ihnen ja während der Fahrt nicht unterhalten. Aber dann fährt die Olle Krien auf der Autobahn auf die Überholspur. Um einen anderen Bus zu überholen, von demselben Busunternehmen. Sie holt weit aus und schiebt sich Zentimeter für Zentimeter an den Bus vor ihr heran. Dadurch sind beide Spuren der Autobahn blockiert. Elefantenrennen nennt man es, wenn große Lastkraftwagen so was machen. Das macht die Autofahrer dahinter verrückt. Hier, auf dem Weg nach Palinchen, würde ich es eher ein Kuhrennen nennen. Das passt besser zu der Landschaft, den ungestriegelten, saftigen, grünen Wiesen, die durchzogen sind von dunklen Wasseradern; und es passt natürlich zu den gescheckten Kühen.

Die Olle Krien kommt dem anderen Bus zwar näher, aber nicht so schnell wie gedacht. Der Busfahrer vor ihr will sich nicht überholen lassen. Er gibt Vollgas. Das ist der Olle Erin. Hinter uns stauen sich die Autos. Die Olle Krien wird auf einmal, für jemanden aus dieser Gegend, fast redselig. Erst recht für eine Busfahrerin.

„Der macht einfach den Weg nicht frei. Dabei ist sein Bus viel langsamer. Ich weiß das. Ich bin den selbst gefahren."

Sabbeltasche.

Fahrgast: „Und warum macht der das?"

Olle Krien: „Der ist etwas seltsam."

Nach einer Weile gibt der Olle Erin auf. Wir schieben uns unaufhaltsam an ihn heran. Ich bin gespannt, wie der Olle Erin aussieht und wie er die Olle Krien grüßt, das macht man schließlich so unter Busfahrern.

Da, das ist er. Er guckt stur geradeaus. Gibt's doch nicht.

Wir Fahrgäste lachen.

Man möchte dem Ollen Erin glatt die Zunge rausstrecken.
Einige von uns winken.

Schließlich guckt der Olle Erin zu uns herüber, mit finsterem Gesicht, und zuckt gespielt überrascht die Achseln. Dann sind wir auch schon vorbei.

„Das gibt heute noch einen Anruf beim Chef", sagt die Olle Krien säuerlich.

Fahrgast: „Ach was, ist der wirklich so?"

Olle Krien: „Anschwärzer."

Fahrgast: „Vielleicht ist der in Wirklichkeit ganz nett?"

Olle Krien: „Nein."

Fahrgast: „Oder er hat eine schwere Kindheit gehabt?"

Olle Krien: „Dann sehr schwer."

Wir prusten. Und die Autofahrer hinter uns rauschen wie von

der Kette gelassen an uns vorbei, nicht ohne hässliche Gesten zu machen.

So ist es geschehen. Und wird so auf ewig geschehen bleiben.

Endlich auf Palinchen

Auf Palinchen gibt es keine Autos, nur Elektrokarren. Selbst Fahrräder sind nicht gern gesehen. Fahrräder sind zu schnell für Palinchen. Deshalb ist das Radfahren zum Strand verboten. Von 9 Uhr bis 20 Uhr. Das ist genau die Zeit, in der man mit dem Rad zum Strand fahren will. Auch in der Straße, die durch das Dorf führt, ist das Radfahren verboten. Und natürlich auch in den Dünen und den vielen Wäldchen und den Richelwiesen. Es bleiben also auf Palinchen nur ein paar Meter zum Radfahren, da kann man es auch gleich lassen. Immerhin braucht man dafür in Palinchen die Fahrräder nicht abzuschließen. Denn wozu sollte jemand ein Fahrrad klauen?

In Palinchen ist man also vor allem zu Fuß unterwegs. Oder auf dem Pferd. Oder mit der Pferdekutsche. Und damit bin ich wieder beim Ollen Preem. Der Olle Preem hat in Palinchen nicht nur einen Pferdehof, sondern auch eine Pferdekutsche. Mit der kutschiert er die Touristen herum. Zwei Bundespräsidenten sind schon mitgefahren. Johannes Rau. Und Richard von Weizsäcker. Doch dazu später.

Auf diesen Kutschfahrten entspinnen sich wundersame Gespräche zwischen dem Ollen Preem und seinen Fahrgästen. Und davon erzählt mir der Olle Preem dann so:

Der alte Mann überm Zaun

„Stell dir vor: Wir haben ja hier einen Einheimischen, der ist 105 Jahre alt. Wir fahren mit der Kutsche an seinem Haus vorbei. Da sage ich zu den Fahrgästen: ‚Hier wohnt der älteste Bürger Palinchens. Der ist 105 Jahre alt.‘

Da sagt ein Fahrgast: ‚Ach, deshalb ist ein Zaun um das Grundstück.‘“

Vielleicht findet das jemand nicht zum Lachen. Ich bin halt nicht so gut im Schreiben wie der Olle Preem im Erzählen. Und vielleicht fragt ihr euch: „Äh, was hat denn der Zaun damit zu tun, dass hier der älteste Einwohner Palinchens wohnt?“ Das ist es ja gerade. Es hat nichts damit zu tun. Das finde ich ja gerade so komisch. Und der Olle Preem auch.

„Stell dir vor“, fährt der Olle Preem fort. „Bei der nächsten Fahrt sage ich wieder: ‚Hier wohnt der älteste Bürger Palinchens. Der ist 105 Jahre alt.‘

Da sagt ein Fahrgast: ‚Und, lebt er noch?‘“

Der Olle Preem hätte daraufhin bärbeißig sagen können: „Sonst würde er da ja nicht leben. Sondern hinge vielleicht tot am Zaun.“

Aber er will seine Fahrgäste nicht verärgern. Außerdem haben alle das Recht, so amüsant zu sein, wie sie mögen. Sonst wäre es zu langweilig auf der Welt.

So ist es geschehen. Und wird so auf ewig geschehen bleiben.

Luftnot auf der Bank

Ähnlich rätselhaft war folgender Dialog: Der Olle Preem fuhr mit der Kutsche an den Richelwiesen vorbei, links die Richelwiesen, rechts die Dünen.

„Stell dir vor“, sagt der Olle Preem. „Ich erzähle den Fahrgästen: Im Winter steht das Wasser hier manchmal bis zu 1,50 Meter hoch. Im Winter, wie gesagt.

Da zeigt ein Fahrgast auf eine der Bänke, die am Wegesrand stehen, und fragt: ‚Und was ist, wenn jemand auf der Bank sitzt?‘

Da verschlägt es mir glatt die Sprache. Aus Quatsch sage ich: ‚Dann muss der aufstehen und warten, bis das Wasser weg ist.‘“

Ich lache.

„Du lachst“, sagt der Olle Preem. „Auf der Kutsche lachte niemand.“

„Die Geschichte geht noch weiter“, sagt der Olle Preem.

„Stell dir vor, bei der nächsten Kutschfahrt habe ich meinen Fahrgästen davon erzählt: ‚Als ich beim letzten Mal hier gefahren bin, habe ich gesagt, im Winter steht das Wasser manchmal bis zu 1,50 Meter hoch.‘ Da sagte ein Fahrgast: ‚Und was ist, wenn jemand auf der Bank sitzt?‘

Da habe ich gesagt: ‚Dann muss er aufstehen, bis das Wasser weg ist.‘“

„Wieder Stille“, sagt der Olle Preem.

„Dann fragte mich doch tatsächlich einer: ‚Wieso aufstehen?‘

Ein anderer antwortete: ‚Damit er Luft kriegt.‘“

So ist es geschehen. Und wird so auf ewig geschehen bleiben.

Hochwasser in der Kutsche

Ja, so sind wir Menschen. Amüsant, wenn auch nicht immer freiwillig. Aber es geht auch anders. Es war nämlich trübes Wetter auf Palinchen. Das kommt schon mal vor. Aber hier in Palinchen hat man sich damit nicht so. Da ist schon so viel Wasser drum herum, da kommt es auf das vergleichsweise bisschen Wasser von oben auch nicht mehr an. Außerdem gibt es ja gelbe Plastekutten und schwarze Plastestiefel. Der Olle Preem spannt deshalb auch bei Regen seine Kutsche an.

„Stell dir vor“, sagt der Olle Preem. „Auf einmal fragt einer der Fahrgäste: ‚Wann fahren wir wieder bergauf?‘“

Da wundert sich der Olle Preem. Und denkt, das ist wieder mal einer dieser Touristen, mit einer dieser auf den ersten Blick nicht leicht verständlichen, dafür erstaunlich amüsanten Bemerkungen. Der Olle Preem fragt also leicht amüsiert zurück:

„Warum fragen Sie?“

Der Tourist erwidert: „Damit das Wasser aus der Kutsche läuft.“

Da erschrickt der Olle Preem, dreht sich um, und tatsächlich: In der Kutsche steht das Wasser zehn Zentimeter hoch. Statt zu meckern, hat der Tourist einen ziemlich guten Witz gemacht.

So ist es geschehen. Und wird so auf ewig geschehen bleiben.

„Oller Preem“, frage ich ihn, „bekommst du eigentlich oft Trinkgeld bei deinen Kutschfahrten?“

„Früher schon“, erwidert er. „Als die Leute mich noch nicht so kannten. Vor allem, wenn es regnete. Dann sagte ich: ‚Mist, immer wenn es regnet, muss ich fahren. Und wenn die Sonne scheint, fährt der Chef selbst.‘

Da waren die Leute spendabel.“

So ist es geschehen. Und wird so auf ewig geschehen bleiben.

Kutschfahrt auf den Müll

Bisher ging es eher um Menschen als um Pferde. Das liegt wohl daran, dass Pferde zwar viel geschwinder sind als wir Menschen und viel mehr Gras verdrücken können und pro Tag 40 bis 60 Liter Wasser saufen. Aber dafür können Pferde keine amüsanten Kommentare machen, jedenfalls nicht, dass ich wüsste. Dafür können sie sich amüsant verhalten.

„Stell dir vor“, sagt der Olle Preem. „Ich hatte keine Zeit, Kutsche zu fahren, und fragte daher den Ollen Ole, ob er mir aushelfen kann. Der lebt im Dorf, ist ein echter Palinchener und kennt sich mit Pferden aus. Kutsche fahren kann er auch. Er war einverstanden. Ich sagte ihm noch: ‚Trödel nicht rum. Länger als eine Stunde soll es nicht dauern.‘

Die Zeit verstreicht. Eine Stunde. Eine Stunde, zehn Minuten. Eine Stunde, 20 Minuten. Ich werde nervös. Dann sogar eine Stunde, 40 Minuten. Wo bleibt der Olle Ole nur? Ist er aus der Übung? Kommt er mit den Pferden nicht zurecht? Ist einer der Fahrgäste krank geworden?“

Oder, und das frage ich mich, der Autor, hat einer der Fahrgäste eine dieser amüsanten Bemerkungen gemacht, und der Olle Ole hat darauf nicht weise, sondern seinem Naturell entsprechend reagiert?

„Nach zwei Stunden, endlich“, fährt der Olle Preem fort, „biegt der Olle Ole mit der Kutsche um die Ecke. Es scheint alles in Ordnung zu sein. Der Olle Ole hat sogar ein breites Lächeln im Gesicht, als er mich sieht.

Ich: ‚Was war denn los?‘

Olle Ole: ‚Ich weiß auch nicht, aber die Pferde haben vor jedem zweiten Haus angehalten.‘“

„Ach sooo“, sagt der Olle Preem und schlägt sich dabei die Hand vor die Stirn. Die neuen Kutschpferde hatte er von der Pferdemüllabfuhr übernommen. Die Pferde blieben deshalb gewohnheitsmäßig stehen, wo sonst immer Mülltüten vor der Tür lagen.

„Aber“, sagt der Olle Preem zum Ollen Ole. „Das kann doch nicht so lange gedauert haben.“

Der Olle Ole: „Ich habe mich verquatscht, und irgendwann standen wir auf der Müllkippe.“

Nachdem wir ausgelacht haben, frage ich den Ollen Preem: „*Auf* der Müllkippe, wirklich?“

„Ja“, sagt der Olle Preem. „Wenn die Pferde einmal den Weg auf die Müllkippe eingeschlagen hatten, konnten sie nicht umkehren. Das ging nur oben, da war eine Wendefläche. Da steht der Olle Ole also mit seiner Kutschgesellschaft oben auf der Müllkippe, umgeben von Müllbeuteln und kreischenden Möwen. Er lässt sich aber nicht anmerken, dass sie nur aus Versehen hier oben gelandet sind. Stattdessen erzählt er seinen Fahrgästen von der Palinchener Müllentsorgung.“

So ist es geschehen. Und wird so auf ewig geschehen bleiben.

Die Müllkippe gibt es nicht mehr. Die Palinchener sind inzwischen auf dem neuesten Stand, pressen den Müll am Hafen in einer eigenen Presse und schiffen ihn aufs Festland, wo er verbrannt wird, hoffentlich nicht in Afrika. Da, wo die Müllkippe war, findet nun jedes Jahr das Osterfeuer statt, auf einem Hügel in den Wiesen, und man möchte nicht wissen, woraus dieser Hügel besteht, aus Schokopudding jedenfalls nicht und auch nicht aus Haselnussbrot.

Pinkeln mit Roger Whittaker

Dass sich Pferde amüsant verhalten können, wenngleich kaum absichtlich, zeigt auch die folgende Geschichte:

Heu wächst nicht wie Gras, muss man wissen. Der Olle Preem macht sein Heu selbst. Er schneidet das hohe Gras der Richelwiesen, bündelt es, lässt es trocknen und macht daraus Heu. Das unter derartigen Mühen gewonnene Gut will man nun wirklich nicht vollstrullern lassen – oder?

Das tun die Pferde in den Ställen aber. Und nicht zu knapp. Schließlich saufen sie 40 bis 60 Liter Wasser pro Tag. Das muss wieder raus. Und klar, dass die Pferde nicht aufs Klo gehen. Die strullern einfach auf das unter großen Mühen geschnittene, gebündelte, getrocknete und in den Stall gekarrte Heu. Das ist dann nass. Das wiederum ist nicht gut für die Pferde. Und deshalb muss das besagte Heu ausgemistet werden, was wiederum Mühe erfordert.

Deshalb ist es besser, wenn das Heu trocken bleibt. Um das zu erreichen, hat sich der Olle Preem etwas ausgedacht. Er pfeift einem Pferd ein Liedchen. Ja, ein Liedchen. Dabei hält er dem Pferd einen Eimer hin, und das strullert in den Eimer rein.

Wie er die Pferde dazu gebracht hat? So, wie alle Tiere trainiert werden. Mit Leckerlis. Wenn die Pferde nach dem Pfeifen in den Eimer gestrullert haben, gibt ihnen der Olle Preem eine Möhre oder ein trockenes Brötchen.

Die Brötchen müssen übrigens wirklich sehr trocken sein, falls ihr das nachmachen wollt. Sonst können die Pferde eine Kolik bekommen, und das kann tödlich enden.

Jedenfalls war der Olle Preem irgendwann so weit, dass alle seine Pferde auf sein Pfeifen hin in einen Eimer strullerten.

Nun ist es so, dass im Stall vom Ollen Preem öfters das Radio läuft. Nicht laut. Auf einmal kam ein Lied von dem britischen Liedermacher Roger Whittaker. Der Olle Preem hätte ahnen können, was nun passierte, denn Roger Whittaker ist für eine bestimmte Fertigkeit berühmt. Tatsächlich fing auf einmal der Olle Whittaker zu pfeifen an, was er kann wie kaum ein Zweiter. Im Nu strullerten alle Pferde im Stall gleichzeitig. Ohne Eimer. Das schöne Heu war vollgestrullert.

So ist es geschehen. Und wird so auf ewig geschehen bleiben.

Schiffbruch im Heu

Das mit dem Heu ist eine Wissenschaft für sich. Davon könnte der Olle Preem stundenlang erzählen. Vor allem vom richtigen Zeitpunkt, das Heu einzufahren, das ja aus nichts anderem besteht als aus geschnittenem Gras. Dafür muss es trocken sein. Sonst modert es und wird zur Alge statt zum Heu.

Gerade war wieder mal so eine heikle Phase, wo die Wiesen lange Zeit unter Wasser standen. Ans Heumachen war nicht zu denken. Dann schien die Sonne ein paar Tage hintereinander, das Gras war trocken, perfekt zum Heumachen.

Aber was machte der Palinchener Segelverein? Er stellte ein großes Zelt auf eine der Wiesen, die der Olle Preem von der Gemeinde zum Heumachen gepachtet hat. Pachten heißt, Geld dafür zu bezahlen, dass man ein Grundstück nutzen darf.

Für den Segelverein ergab das mit dem Zelt durchaus Sinn. Denn von den Nachbarinseln wurden Segler aus Nah und Fern für eine Jugend-Segelregatta erwartet, und die mussten irgendwo übernachten. Wer denkt da schon an Heu?

Für die Gemeinde, der die Wiese gehört, war das mit dem Zelt auch in Ordnung. Denn alle Hotels der Insel waren ausgebucht.

Vielleicht hätte man aber mal den Ollen Preem fragen sollen, was der davon hielt. Denn der wollte Heu machen, solange es noch trocken war. Wer denkt da schon an Segler?

Also trafen sie sich, der Vorsitzende des Seglervereins und der Olle Preem, zum Krisengespräch.

Der Vorsitzende des Seglervereins, der Olle Kern, sagte generös: „Natürlich kommen wir für den Schaden auf."

„Klar kommt ihr für den Schaden auf", sagte der Olle Preem. „Das ist ja eh klar. Dafür müssen wir uns nicht unterhalten."

Da wurde der Olle Kern nervös und fragte: „Was denn noch?"

Der Olle Preem: „Ihr holt selbst das Heu ein, wenn das Zelt weg ist. Da, wo das Zelt steht. Und in der ganzen Gegend drum herum."

Da war der Olle Kern erleichtert, dass die Kuh vom Eis war.

Der Olle Preem grinst mich an: „Da, wo das Zelt steht, ist es immer besonders mühsam, Heu zu machen. Das war ich schon mal los. Und außerdem: Die wussten noch gar nicht, was das kostet."

So ist es geschehen. Und wird so auf ewig geschehen bleiben.

Der Tierarzt mit den zu kurzen Armen

Dass der Olle Preem spaßig ist, dass aber nicht mit ihm zu spaßen ist, wenn es ums Geschäft geht, haben wir ja bereits gesehen. Das bekam auch ein Tierarzt zu spüren.

„Stell dir vor: Eins meiner Kutschpferde fällt aus“, erzählt der Olle Preem. „Mitten in der Saison. Der Olle Karl bietet mir eine Stute an, hat aber den Verdacht, dass sie trächtig ist

‚Ich lass sie mal von dem neuen Tierarzt untersuchen‘, sagt er. Einverstanden.

Zwei Tage später ruft der Olle Karl an. ‚Du, ich schick dir die Stute vorbei, der Tierarzt sagt, sie ist nicht schwanger, alles klar.‘

Dann kommt die Stute, und ich sehe sofort: Die muss trächtig sein. Sicherheitshalber setze ich sie nicht für den Kutschdienst ein, und siehe da, vier Wochen später bringt sie ein Fohlen zur Welt.“

Der Olle Preem macht eine Kunstpause. Und fährt dann fort: „Ein ganz schön großes Fohlen dafür, dass die Stute ja angeblich nicht trächtig ist. Ich rufe also den Tierarzt an und erzähle ihm von dem Fohlen. Das ist dem natürlich ganz schön peinlich.

Ich frage den Tierarzt: ‚Sind Sie versichert?‘

Er druckst herum: ‚Ich habe hier gerade erst als Tierarzt angefangen. Es wäre mir lieb, wenn wir das nicht über die Versicherung laufen ließen.‘

Ich: ‚Ist Ihnen klar, dass ich Verdienstausfall habe?‘

Er: ‚Ja.‘

‚Und dass das Fohlen Futter braucht?‘

‚Ja.‘

‚Und dass ich aus der Sache keinen Nachteil haben will?‘

‚Ja.‘“

Der Olle Preem beschließt die Geschichte vergnügt:

„Der Tierarzt schickte mir dann einen ordentlichen Scheck. Wirklich ordentlich.“

„Und“, frage ich, „was wurde aus Stute und Fohlen?“

Der Olle Preem: „Das Fohlen war ein ausgesprochen gutes Fohlen. Ich habe es für das Doppelte des Preises verkauft, den ich für die Stute zahlen musste. Und die Stute war ein super Kutschpferd.“

„Und der Tierarzt, was ist aus dem geworden?“, frage ich.

„Die Geschichte hat sich natürlich rumgesprochen“, sagt der Olle Preem. „Der Tierarzt wurde überall gehänselt. Er ist weggezogen.“

„Und“, frage ich, „wieso konnte ihm das überhaupt passieren?“

„Soweit ich weiß“, sagt der Olle Preem, „hat sich der Tierarzt die Stute nur auf dem Hänger angesehen. Oder er hat nicht tief genug gefühlt.“

„Tief genug gefühlt?“

„Ja“, sagt der Olle Preem. „Um sicherzugehen, ob ein Pferd trächtig ist, musst du mit dem Arm in den After eines Pferdes greifen. Der Tierarzt hat offenbar zu kurz gegriffen.

Vielleicht“, fährt der Olle Preem nach einer Kunstpause fort, „hatte er zu kurze Arme.“

So ist es geschehen. Und wird so auf ewig geschehen bleiben.

Ein halbes Pferd fällt um

Ja, der Olle Preem geht Auseinandersetzungen nicht aus dem Weg. Und dann müssen seine Widersacher nicht nur nachgeben, sondern obendrein mit einem Spruch rechnen.

„Stell dir vor", sagt der Olle Preem. „Du kennst doch die Weide, da, wo meine Pferde sind. Auf einmal will mir eine Behörde vom Festland untersagen, so viele Pferde wie bisher zu halten. Statt 25 nur noch 15. Ich rufe da an und sage der Frau am anderen Ende der Leitung: ‚Auf den anderen Inseln darf man ein Pferd pro Hektar halten. Also sind meine 25 Pferde nicht zu viel.'

Die Frau widerspricht: ‚Bei besonders sensiblen Gebieten nur ein halbes Pferd pro Hektar.'

Ich: ‚Das geht aber nicht.'

Sie: ‚Wieso nicht?'

Ich: ‚Dann fällt das Pferd um.'"

So ist es geschehen. Und wird so auf ewig geschehen bleiben.

Nicht genug Lux im Stall

Wenig amüsiert war auch ein anderer Behördenmitarbeiter vom Festland. Er monierte, dass im Sommer nicht genug Licht in den Stall des Ollen Preem scheint, weil ein großer Ahornbaum davorsteht. „So ein Blödsinn“, sagt mir der Olle Preem. „Im Sommer ist der Ahorn gerade gut. Weil er den Pferden Schatten spendet. Und im Winter sind die Blätter vom Baum.“ Aber der Mitarbeiter blieb stur. Es gebe schließlich Richtlinien. Der Luxwert sei unterschritten.

Lux was? Der Lux ist eine Maßeinheit aus der Physik und bezeichnet die Beleuchtungsstärke. Lux heißt auf Lateinisch „Licht“.

Der Olle Preem fährt fort: „Ich machte ihm noch klar, dass es im Winter ja früh dunkel wird. Da helfen auch keine größeren Fenster. Dann habe ich gesagt: ‚Wenn du im Dunkeln aus dem Fenster guckst, wird’s auch nicht heller.‘

Da war der Mitarbeiter sauer.“

Diesmal musste der Olle Preem nachgeben. Er baute zusätzlich Glasbausteine ein.

So ist es geschehen. Und wird so auf ewig geschehen bleiben.

Das Kamel auf Palinchen

Auf Palinchen gibt es die unterschiedlichsten Wesen. Das gilt vor allem für die Menschen. Aber es gibt auch unterschiedliche Tiere: Hasen, Wattwürmer, Fasane, Möwen, Rehe. Und dann war da noch ein Tier.

Die folgende Geschichte begab sich zu einer Zeit, als im Inselkino nur an zwei Tagen in der Woche Filme liefen, und die waren nie aktuell. Meistens war einer von zwei alten Schinken dabei. „Doktor Schiwago“ und „Vom Winde verweht“. Die kennen viele von euch Leserinnen und Lesern nicht, obwohl sie sehenswert sind.

Die Filmrollen mussten vom Festland auf die Insel geschafft werden und wurden dann von alten Filmprojektoren abgespult, die unmittelbar vor der Tür des Kinosaals standen, mit lautem Brausen. Zur Hälfte des Films musste die Filmrolle gewechselt werden. Bei längeren Filmen – und das sind „Doktor Schiwago“ und „Vom Winde verweht“ – sogar mehrmals. Und wenn man Pech hatte, lief die zweite Hälfte zuerst. Wie bei einem Film mit Bud Spencer und Terence Hill. Das war während des Films niemandem aufgefallen.

Und dann gab es noch Vorträge. „Aber als Vortrag“, sagt der Olle Preem, „gab es damals nur einen: ‚Palinchen im Winter‘. Und der lief im Sommer.“

Damals gab es auch noch kein italienisches Eis und keine Pizza auf Palinchen. Wirklich. Und deshalb gab es auch noch keinen Pizzabringdienst. Unvorstellbar? Den gibt es hier bis heute nicht. Wahrscheinlich, weil es so schwer ist, mit dem Fahrrad durchzukommen.

„Stell dir vor“, sagt der Olle Preem. „Da ist ein Zirkus auf Palinchen, mit drei Affen, mit Ziegen, Kaninchen und mit einem Kamel. Davon weiß ich aber nicht. Und was ich erst recht nicht weiß: Schüler haben das Kamel in der Nacht entführt und auf meine Weide gebracht.

Zu der Zeit habe ich eine Praktikantin, die Hanni. Die kommt am nächsten Morgen ganz aufgeregt zu mir: ‚Oller Preem, da ist ein Kamel auf deiner Weide.‘

Ich: ‚Darauf falle ich nicht rein.‘

Sie beharrt. Ich merke, es ist ihr ernst. ‚Geh noch mal hin‘, sage ich, ‚und wenn du immer noch ein Kamel siehst, dann komme ich mit.‘

Nach ein paar Minuten kommt Hanni wieder. Blass im Gesicht. Sie sagt: ‚Da ist wirklich ein Kamel. Hundertprozentig.‘

Ich, jetzt wirklich genervt: ‚Okay, wir gehen zusammen. Aber wehe, da ist kein Kamel!‘

Wir also hin. Hanni trifft fast der Schlag. Kein Kamel da.

Was wir nicht wussten: Der Zirkus hatte das entführte Kamel inzwischen abgeholt.“

Diesmal verzichtet der Olle Preem auf einen Spruch. „Das arme Mädchen war den Tränen nah“, sagt er. „Sie tat mir echt leid.“

So ist es geschehen. Und wird so auf ewig geschehen bleiben.

Ein Diesel auf Palinchen

Auf Palinchen sieht man den Ollen Preem häufig mit einem kleinen, hutzeligen, blauen Treckerchen herumfahren. Einem Ford 4000 mit treuherzigen Augen. So wirken jedenfalls seine Scheinwerfer. Der Trecker ist von 1969. Er ist also über 50 Jahre alt. Trecker, na und? Braucht man ja. Was soll daran so besonders sein? Ha. Nicht aufgepasst. So ein oller Trecker fährt ja mit Verbrennungsmotor, also mit Diesel. Das stinkt, ist laut und ist daher eigentlich auf dem autofreien Palinchen streng verboten.
Und das sollte gefälligst auch so bleiben.

Aber nicht mit dem Ollen Preem. Der brauchte schließlich einen Trecker zum Heumachen. Anderen Höfen ging es auch so. Zum Beispiel einem Hof mit Islandponys, den gibt es nämlich auch auf Palinchen.

Jahrhundertelang ging es auf Palinchen zwar auch ohne Trecker, aber da wollte ja auch der Olle Preem noch keinen Trecker. Und wenn der was will ...

Er wollte also. Andere auch. Die Gemeinde nicht. Es kam zu einem Treffen. Die Gemeinde schlug vor, dass sich der Olle Preem zusammen mit anderen Höfen einen Trecker teilt. Das fand der Olle Preem blödsinnig. Er orakelte: „In der Hauptsaison gibt das Mord und Totschlag."

Klar, wer will schon auf den Trecker verzichten, wenn gerade mal die Sonne scheint und keine Segler ihr Zelt auf dem künftigen Heu aufgeschlagen haben?

Aber die Gemeinde ließ sich nicht erweichen.

WANTED
FORD
35

Da verklagte der Olle Preem die Gemeinde Palinchen.

Das Gericht gab ihm recht. Der Olle Preem konnte seinen Ford 4000 kaufen.

„Für die Gemeinde war das ganz schön teuer“, sagt der Olle Preem. „Die musste die Gerichtskosten zahlen. Ich konnte mir nicht verkneifen, ins Rathaus zu gehen, zum Bürgermeister, dem Ollen Finn. Dem habe ich gesagt: ‚Es wäre billiger gewesen, ihr hättet mir einen Trecker geschenkt.‘ ‚Raus!‘, schrie der Olle Finn.“

Aber der Olle Preem hatte seinen Spaß, und jetzt lachen wir gemeinsam darüber.

So ist es geschehen. Und wird so auf ewig geschehen bleiben.

Der Trecker, der nicht fahren darf

Über den Ford 4000 und seinen Besitzer, den Ollen Preem, ist sogar ein Artikel erschienen. Im „Traktor Classic, dem Magazin für historische Landmaschinen“, in der Ausgabe für August und September 2017. Ja, so was gibt's. Da geht es zum Beispiel um den „Praxis-Check der Allrad-Klassiker im Duell“. Es treten gegeneinander an „der „Eicher Königstiger II Allrad gegen den Schlüter Super 450 V“. Oder es geht um den „schönen Lanz“, der nicht zuletzt wegen „seines liegenden Einzylinders als einer der letzten echten Lanz gilt“. Ich finde es immer wieder faszinierend, wofür wir Menschen uns begeistern können.

Seinen Ford 4000 kaufte der Olle Preem 1981 in den Weiten des Landes Niedersachsens. Der Eigentümer fuhr den Trecker eigenhändig 350 Kilometer weit, mit Höchstgeschwindigkeit 35, bis zum Hafen vor Palinchen, und ich möchte nicht wissen, wie der Olle Erin und die Olle Krien reagiert hätten, wenn sie so lange hinter diesem Trecker hätten herfahren müssen.

Das Schwerste war damit aber noch nicht geschafft. Der Trecker musste übers Meer. Und eine Frachtfähre, die Autos verlädt, gab es für Palinchen damals nicht. Also musste ein anderes Boot her.

„Stell dir vor“, erzählt der Olle Preem. „Wir mussten warten, bis der Wasserstand so hoch war, dass das Deck des Bootes auf gleicher Höhe war wie das Land. Dann haben wir zwei Bohlen gelegt, über die wir den Trecker auf das Boot rollen konnten. Genauso musste der Trecker in Palinchen wieder runter, diesmal im Rückwärtsgang. Klappte. Aber dann wurde es problematisch.“

Wir erinnern uns: keine Verbrennungsmotoren auf Palinchen!

Der Ford 4000 vom Ollen Preem, 350 Kilometer weit mit Höchstgeschwindigkeit 35 durch die Weiten Niedersachsens gefahren, über eigens gebaute Rampen auf ein Schiff verladen, von den Wellen gebeutelt, auf Rampen an Land gebracht, war deshalb auf Palinchen zum Stillstand verdonnert.

Also musste der Trecker mit einem Elektrokarren weitertransportiert werden. Per Abschleppseil.

Und so ging es nun jedes Mal, wenn der Olle Preem seinen Ford 4000 zum Arbeitseinsatz bewegen wollte und eines der unterschiedlichsten Arbeitsgeräte im Schlepptau hinterher: den Kreiselmäher, den Heuwender, den Heuschwader, die Heupresse. Zum Mähen, Wenden, Schwaden und Pressen. Erst musste der Olle Preem auf einen freien Elektrokarren warten. Das konnte eine Stunde dauern. Dem Regen war das gleich.

Die Natur auf Palinchen hatte allerdings nichts davon. Und auch den empfindlichen Öhrchen der Touristen und der Einwohner blieb dadurch kein Dezibel Lautstärke erspart. Denn der Treckermotor musste trotzdem laufen – obwohl er gezogen wurde. Nur mit laufendem Motor funktioniert die Hydraulik, die notwendig ist, um Mäher, Wender, Schwader und Presser hinter sich herziehen zu können.

So ging das zwei, drei Jahre lang. Mittlerweile hatten sich die Insulaner an den dieselnden Trecker gewöhnt. Und so fiel es gar nicht auf, dass sich der Olle Preem meist zum Schein von einem Elektrokarren ziehen ließ. In Wirklichkeit fuhren die Elektrokarren vor dem Ford 4000 her, ohne mit ihm verbunden zu sein. Der Olle Preem musste nur warten, bis ein Elektrokarren vorbeikam. Dann heftete er sich einfach an dessen Fersen.

Einiges davon steht in dem Artikel vom „Traktor Classic". Und dann wirft die Zeitschrift noch folgende kluge Frage auf, an die ich gar nicht gedacht habe:

Wie tankt man eigentlich auf Palinchen?

In dem Artikel steht: „Der Diesel kommt in Fässern vom Festland. Von der Tankstelle bis zur Fähre sind es zehn Kilometer. Es kostet daher rund drei Euro, bis der Diesel auf der Insel ist." Und dann zitiert die Zeitschrift den Kommentar vom Ollen Preem dazu: „Das Leben auf der Insel ist schön. Das Einzige, was gelegentlich stört, ist das Wasser drum herum."

So ist es geschehen. Und wird so auf ewig geschehen bleiben.

Das Gebiss im Robbenschleim

Der Trecker vom Ollen Preem sollte sich für die Insel noch als nützlich erweisen. Nämlich dann, als in den 80er-Jahren das große Robbensterben begann.

Zu Dutzenden lagen die toten Robben am Strand, und liebe Kinder, jetzt vielleicht mal weglesen ... sie vermoderten und lösten sich auf. Wie nun also die Robbenkadaver vom Strand entsorgen?
Die Pferde, die auf Palinchen für alle Transporte zuständig waren, weigerten sich. Sie konnten den Gestank der faulenden Robben nicht ertragen. Und nicht nur ihnen ging es so. Der Olle Frod half, die Überreste der Robben in Säcke zu stopfen. Dabei musste er kotzen. Und mit der Kotze schwamm sein Gebiss zum Mund heraus. In den Sack mit den Robbenleichen hinein.

Das Gebiss musste der Olle Frod natürlich wiederhaben.
Er grabschte es, jetzt aber wirklich weglesen, liebe Kinder ... er grabschte das Gebiss also aus der Pampe aus Robbeninnereien und Kotze hervor, wusch es in der Nordsee und setzte es wieder ein.

Was das mit dem Trecker vom Ollen Preem zu tun hat? Der kleine, hutzelige Ford 4000 mit den treuherzigen Augen schaffte die Säcke mit den Robbenleichen, ohne zu murren, vom Strand. Spätestens da waren die Insulaner mit dem dieselnden Trecker des Ollen Preem versöhnt.

So ist es geschehen. Und wird so auf ewig geschehen bleiben.

Das charakterstarke Springpferd

Der Olle Preem ist nicht nur ein fröhlicher Pferdekutscher, sondern auch ein begabter Springreiter. Es gibt viele Zeitungsartikel, die von seinen Erfolgen künden. Außerdem ist der Olle Preem gut darin, Pferde zu trainieren. Und manche dieser Pferde verkauft er dann.

„Stell dir vor", sagt der Olle Preem, „ich verkaufe ein wirklich feines Springpferd aufs Festland. Aber eine innere Stimme sagt mir: ‚Leg den Kaufpreis mal zur Seite!'

Wenig später meldet sich der Käufer. ‚Das Pferd springt nicht.' Er will es mir zurückgeben.

Das ist nicht gerade gut für meinen Ruf. Ich nehme das Pferd also zurück und sehe sofort: Es ist in einem traurigen Zustand. Man sieht die Spuren von Sporen in seinen Flanken, es wirkt eingeschüchtert. Aber wieso sollte es nicht springen? Das wollen wir ja mal sehen. Ich fange langsam an. Lege nur eine Stange auf den Boden. Das Pferd geht nicht drüber."

Lachend sagt der Olle Preem: „Es hat eben Charakter."

Aber die Zeit eilt, Rufmord droht. Und dann ist da gleich dieses Springturnier. Dazu meldet sich der Olle Preem mit dem Pferd einfach an. Ohne dass es vorher nur einmal gesprungen war. „Und dann", sagt der Olle Preem und grinst mich breit an, „dann haben wir gewonnen."

Er holt ein paar Zeitungsartikel aus dem Schrank, die seinen Triumph verkünden. „Wenig später“, sagt der Olle Preem, „treffe ich den Menschen, der das Pferd von mir gekauft hatte. ‚Na‘, sage ich, ‚kannst du inzwischen reiten?‘“

So ist es geschehen. Und wird so auf ewig geschehen bleiben.

Königin Elisabeth II. und der Pups

Es ist immer eine fröhliche Situation, wenn Reitschüler und ihre Angehörigen beim Ollen Preem im Reitstall stehen und auf einmal ertönt ein lang anhaltendes, markerschütterndes Pupsen. Dann gucken sich alle an, manche giggeln, und nicht jeder weiß, dass es die Pferde sind, die da ein Lüftchen fahren lassen. Der Darm der Pferde ist etwa 30 Meter lang. Da passt schon deutlich mehr Luft rein als in Luftballons, aus denen man ja auch die Luft so schön fahren lassen kann.

Auch auf den Kutschfahrten vom Ollen Preem pupsen die Pferde. Und damit die Fahrgäste nicht glauben, er, der Olle Preem, sei der Übeltäter, denn er sitzt ja zwischen Pferden und Fahrgästen auf dem Kutschbock, sagt er: Das kommt von den Pferden. Das „Pferden" betont er so, dass die Fahrgäste lachen, weil er so tut, als wenn das Pupsen auch von ihm hätte kommen können.

Und dann erzählt der Olle Preem den Fahrgästen die Geschichte von Königin Elisabeth II.: „Königin Elisabeth fuhr an ihrem 90. Geburtstag mit Gästen in ihrer Kutsche zu ihrem Palast. Da pupste ein Pferd. Königin Elisabeth sagte: ‚Ich bitte um Entschuldigung.' Da erwiderte einer ihrer Gäste: ‚Ach, und ich dachte, es sei das Pferd gewesen.'"

Erst später, nachdem ich ausgelacht habe, ergänzt der Olle Preem: „Es war dann wieder mal typisch, dass ein Fahrgast fragte: ‚Also war es doch das Pferd?'"

So ist es geschehen. Und wird so auf ewig geschehen bleiben.

Der Olle Preem und der Präsident im Bademantel

Auf Palinchen waren sie alle. Nicht die Reichen. Aber einige deutsche Bundespräsidenten. Gustav Heinemann, Richard von Weizsäcker, Johannes Rau. Und weil sie auf Palinchen waren, waren sie auch auf der Kutsche vom Ollen Preem, jedenfalls die beiden Letztgenannten.

An Johannes Rau hat der Olle Preem nur die besten Erinnerungen. Einmal holte er abends dessen Frau zu einem Spazierritt am Strand ab. Da stand der Bundespräsident mit einem weißen Bademantel in der Tür und sagte zum Ollen Preem in seiner launigen Art: „Sie sind der Einzige außer mir, der abends mit meiner Frau noch zum Strand darf." Da guckte der Olle Preem gespielt zerknirscht und sagte: „Das spricht aber nicht gerade für mich."

Normalerweise war aber der Bundespräsident für die Späße zuständig. „Darf ich hier rauchen?", fragte Johannes Rau zum Beispiel eine Palinchenerin. Die sagte: „Fühlen Sie sich ganz wie zu Hause!" Der Bundespräsident daraufhin gespielt unwirsch: „Na, dann eben nicht."

So ist es geschehen. Und wird so auf ewig geschehen bleiben.

Trimm dich für die Personenschützer

Richard von Weizsäcker, der andere Bundespräsident auf Palinchen, war ein Aristokrat. Der aber auch gern mal mit pupsenden Pferden über die Insel fahren wollte. Also fuhr der Olle Preem den Bundespräsidenten mit der Kutsche zum abgelegenen Ostende der Insel; da kommt nicht jeder hin. Denn dahin ist es ganz schön weit.

Man muss sich normalerweise zu Fuß über den ewig weiten Sandstrand kämpfen, kein Café weit und breit, nicht mal eine Trinkhalle, die Sonne sengt, und die Möwen kreisen wie Geier über dir. Wer aber durchhält und sich nicht von den Gerippen gestrandeter Schiffe und verendeter Vorgänger abschrecken lässt, wer sich also tatsächlich bis zur Meerenge zwischen Palinchen und der Nachbarinsel Walinchen vorkämpft, der wird mit Einsamkeit belohnt, auch wenn er vielleicht lieber eine Bushaltestelle vorfinden würde.

Allzu lange verharren sollte man aber nicht, denn sonst hat einem die Flut den Rückweg abgeschnitten, jedenfalls den Weg über den Strand. Dann muss man sich durch Silberdisteln schlagen, die zwar sehr schön sind, aber stechen.

Die Tücken der Natur gelten auch für Bundespräsidenten. Und so drängte die Zeit. Denn die Flut nimmt in ihrem Herrschaftsgebiet für gewöhnlich keine Rücksicht auf lustreisende Bundespräsidenten auf Pferdekutschen. Der Olle Preem trieb also seine Pferde an. Das missfiel dem Bundespräsidenten, er wollte es langsamer angehen lassen. Doch der Olle Preem sagte nur: „Auf meiner Kutsche bin ich der Kapitän."

Das akzeptierte der Bundespräsident, obwohl es ja offensichtlich falsch war, wandte aber ein: „Es geht um meine Leute.“

Meine Leute?

Was der Olle Preem nicht wusste: Ein paar Personenschützer waren die ganze Zeit in einigem Abstand hinter der Kutsche hergelaufen. Und – wir erinnern uns – das war ein langer Weg.

Jetzt beschleunigte die Kutsche auch noch. Da mussten die Personenschützer ganz schön hinterherhecheln. Aber der Olle Preem hatte kein Erbarmen. Erst mal musste der Bundespräsident trockenen Fußes ins Dorf gebracht werden. Außerdem, und das sagte der Olle Preem zum Bundespräsidenten: „Die Bewegung tut Ihren Leuten sicher mal ganz gut.“

So ist es geschehen. Und wird so auf ewig geschehen bleiben.

Die Perücke im Geäst

Erst vor Kurzem begegnete ich dem Ollen Preem auf einer seiner Kutschfahrten. Ich fuhr mit dem Rad neben ihm her, um mich von ihm zu verabschieden. Mein Urlaub war wieder mal vorbei. „Achtung!“, rief er, als ich einem Baum mit ausladenden Zweigen gefährlich nah kam.

Vom Kutschbock aus erzählte er mir mit gedämpfter Stimme, wie er mal zu nah an solch einem Geäst vorbeigefahren war. Ein Zweig riss einem der Fahrgäste die Perücke ab. Da schaukelte sie nun im Wind. Die Perücke wurde zurückbeschafft, der Mann setzte sie sich wieder auf, aber nicht gerade akkurat. Den anderen Fahrgästen traten vor unterdrücktem Lachen die Tränen in die Augen. Sie giggelten, und ab und zu ließ sich ein Lachen nicht unterdrücken.

„Ist was?“, fragte der Perückenträger irritiert. Und stellte fest: „Das ist ja eine lustige Gesellschaft hier.“

Der Olle Preem war froh, dass er vorne saß. Niemand konnte sein Gesicht sehen und die Lachtränen darin. Ein Pups war nichts dagegen.

So ist es geschehen. Und wird so auf ewig geschehen bleiben.

In Elster ist es auch nicht wärmer

Es ist Zeit, Palinchen zu verlassen, zurück in die große Stadt. Zunächst mit dem Schiff, dann mit dem Bus. Mit dem Bus geht es anderthalb Stunden nach Mareiken und von da weiter mit dem Zug. Die Zeit drängt, denn zwischen der Ankunft des Busses in Mareiken und der Abfahrt des Zuges in die große Stadt liegen nur ein paar Minuten. Das ist auch dem Busfahrer bewusst, dem Ollen Harms, und der fühlt sich durchaus verantwortlich dafür, dass Reisende wie ich den Zug in Mareiken rechtzeitig erreichen.

Es sind schon viele Fahrgäste eingestiegen an diesem kalten und regnerischen Tag. Schon so viele, dass wir nicht pünktlich loskommen. Endlich ist es so weit. Da kommt noch eine Frau.

Sie fragt den Ollen Harms durch die offene Tür: „Fahren Sie auch nach Elster?"

O Mann, denke ich, natürlich fährt der Bus auch nach Elster, steht ja dran. Erst Elster, dann Mareiken. Aber wenn sie mitfährt, müssen wir wirklich in Elster halten. Das müssten wir sonst nicht und verlieren dadurch noch mehr Zeit. So sieht es auch der Olle Harms, ein besonders knorriges Exemplar der Küste.

Der Olle Harms sagt also: „Das ist der Bus nach Mareiken."

Die Frau stutzt: „Aber Sie fahren doch auch über Elster, oder?"

Der Olle Harms: „Nehmen Sie doch den Bus nach Elster."

Die Frau: „Aber ich kann auch bei Ihnen mitfahren, oder?"

Der Olle Harms schweigt. Er schweigt einfach. Wie das dunkle Wasser der Priele.

Die Frau: „Also wie nun? Kann ich nun mit Ihnen nach Elster oder nicht?"

Der Olle Harms: „Ich muss pünktlich in Mareiken sein. Nehmen Sie doch den nächsten Bus. Abfahrt in zehn Minuten."

Die Frau: „Mir ist kalt, ich friere."

Der Olle Harms, und ich glaube, jetzt hat er wirklich Spaß dran, der Olle Harms sagt also: „In Elster ist es auch nicht wärmer."

Ich pruste laut los und auch andere Passagiere fangen an zu lachen.

Der Olle Harms sieht auf einmal ganz stolz aus.

Die Frau aber steigt ein und wir erreichen den Zug in Mareiken trotzdem.

So ist es geschehen. Und wird so auf ewig geschehen bleiben

Das waren nun also meine Geschichten von Palinchen. Liebe Leserinnen und Leser, vielleicht sehen wir uns dort ja mal. Und wenn nicht, dann könnt ihr irgendwann das zweite Buch über den Ollen Preem lesen, in dem ihr erfahrt und seht, wer er wirklich ist. Es wird heißen: ***„Der Olle Preem, wer er ist, wie es kam und warum Pferde ihm immer Glück gebracht haben"***.

Wie es zu diesem Buch kam

Seit Jahren reitet meine Tochter Malina bei der Reitschule Petschat auf der ostfriesischen Insel Spiekeroog. Während Malina reitet, quatsche ich mit dem Chef, mit Klaus Petschat. Das heißt, er quatscht, ich höre zu und lache mich meist schimmelig.
Er erzählt mir immer die neuesten Geschichten von seinen Kutschfahrten und was sonst so auf seinem Reiterhof und der Insel passiert. Vermutlich zum Ärger der Reitlehrerin, Anja Umlandt, der mein wieherndes Gelächter während des Reitunterrichts eigentlich nicht passen kann. Außerdem halte ich den Chef von der Arbeit ab. Von Anfang an fand ich die Geschichten von Klaus Petschat so bemerkenswert, dass ich sie aufgeschrieben habe. Und irgendwann hatte meine Frau, Julia Franz, die Idee: Mach doch ein Buch daraus!

Impressum

Der Olle Preem, seine Pferde und die Menschen drum herum

2022
ISBN: 978-3-948013-11-0
Gedruckt in Lettland / Livonia Print / Riga

Autor: Markus Franz
Zeichnungen & Covergestaltung: Laura Stoppkotte
Layout: Thorsten Franke
Lektorat: Robert Pitterle, robertpitterle.de

www.correctiv.org

Kontakt: buechermacher@correctiv.org
Büro Essen: Huyssenallee 11, 45128 Essen
Büro Berlin: Singerstr. 109, 10179 Berlin

Huyssenallee 11, 45128 Essen
Handelsregister Essen, HRB 26115
Geschäftsführer: David Schraven

Copyright: Malina Franz

Markus Franz / Autor
Markus Franz kommt aus dem Ruhrpott, war Jurist, Journalist, Pressesprecher, Diplomat, Redenschreiber, schreibt immer noch Reden, trainiert das Schreiben von Reden und Texten und schreibt Bücher. Dieses Buch hier hat sich allerdings von allein geschrieben.

Laura Stoppkotte / Illustratorin
Laura Stoppkotte hat in Berlin an der Universität der Künste Visuelle Kommunikation studiert, macht Illustrationen für Plattencover, politische Plakate, Zines und Bücher. Dieses Buch hier ist das erste, das mit ihren Illustrationen veröffentlicht wurde. Mehr von ihr gibt's auf
www.laurastoppkotte.de

MIT NACHDRUCK

Mit Nachdruck ist eine Serie des CORRECTIV-Verlags. Neben Sachbüchern finden Sie hier auch andere literarische Formate.

Wir verlegen Romane und Geschichten aus dem echten Leben, die erzählt werden müssen und experimentieren mit neuen genreübergreifenden Formaten. Wir bringen Literatur, Journalismus und Kunst zusammen. Wir verbinden, was zusammenpasst und was noch nicht zusammengefunden hat.

Wir überwinden Grenzen.

Als Essener Verlag gehören wir zum Literaturviertel in der Akazienallee. Dort wollen wir zusammen mit lokalen Partnern gemeinsam etwas Großes schaffen und Literatur für alle erlebbar machen.

www.literaturviertel-ruhr.de

MIT
NACHDRUCK